AF372685

VICTOR NADAL

PARIS ÉLÉGANT

AU CHATEAU DE MADRID

PARIS

DÉPOT A L'IMPRIMERIE SCHILLER

10 ET 11, FAUBOURG MONTMARTRE

1885

AU CHATEAU DE MADRID

Dessiné et gravé par N. Ransonnette Cher. de l'ordre de Montheus

VUE DU CHATEAU ROYAL DE BOULOGNE . (DIT MADRID)

AU CHATEAU DE MADRID

C'était jour de courses à Auteuil. Deux jeunes gens, caracolant avec beaucoup de grâce, montaient l'avenue des Champs-Elysées, sillonnée de fringants cavaliers et de superbes équipages.

— Où dinerons-nous? dit le comte de Pharamond à son ami le baron de Valentinier.

— Voici le programme, répondit celui-ci : Un tour au bois, une apparition aux courses et une halte au château de Madrid, boulevard Richard Vallace, à deux pas du fameux chêne cinq fois centenaire que M. Alphand a eu le bon goût de respecter, malgré les exigences de l'alignement. C'est sur ses branches, si souvent foudroyées, qu'un aigle fut tué l'an passé. Il venait sans doute de tes montagnes. Il y a dans ce séjour hospitalier des bosquets charmants et des souvenirs d'un autre âge que je te conterai. Les chevaux y seront à l'aise, et nous dinerons mieux que partout ailleurs, au milieu des parfums des fleurs et des femmes, et bercés par l'étrange mélodie d'un orchestre tzigane. Ce n'est que là, mon cher ami, que tu pourras oublier tes longs ennuis.....

Le baron de Valentinier, qui avait appuyé sur ces derniers mots, avec un peu d'ironie dans l'accent, était secrétaire d'ambassade. Il avait passé deux ans en Russie où sa santé avait paru s'ébranler, et il était venu demander à son ministre de le rapprocher du soleil.

Le comte de Pharamond, un peu plus jeune, était provincial pur-sang. Il avait passé toute sa vie au château de Vézérance, dans les pittoresques montagnes du Dauphiné, à quelques lieues de Grenoble. Là, il s'était épris d'une blonde marquise des environs, et sa mère, pour l'arrêter au bord de l'abime, l'avait expédié à Paris, avec ordre de ne pas s'y ennuyer, au moins pendant six mois.

Certes, je ne dis pas que la marquise de Riant-Lucenay fût sur le point de s'abandonner ainsi aux brûlants désirs du baron, mais elle avait un mari qui n'était point commode, un gentilhomme campagnard que la fréquentation des sangliers avait considérablement endurci.

Avant de se nouer, le roman pouvait tourner au tragique, et la vieille comtesse de Pharamond n'entendait pas de cette oreille-là.

Le marquis de Riant-Lucenay, le mari de la femme convoitée, ne devait pourtant pas être très jaloux, car il avait la manie de courir les concours agricoles. Depuis qu'il avait été prime d'honneur, il se croyait obligé de faire du zèle dans toutes les expositions d'agriculture, et il allait de temps à autre visiter les appareils que les journaux spéciaux recommandaient. Ancien officier, il avait été fait chevalier de la Légion-d'Honneur pendant l'expédition du Mexique, n'attendant que le ruban pour démissionner. Aujourd'hui, il espérait la rosette, et, pour la mériter, il avait essayé d'introduire la betterave dans le Dauphiné. Encouragé par les magnifiques résultats de Simon-Legrand dans le Nord, il avait entrevu de superbes rendements, mais il n'en était encore qu'à la période incertaine de l'espérance.

La comtesse de Pharamond redoutait les absences agricoles de ce mari, et elle craignait que la marquise de Riant-Lucenay n'encourageât par trop l'assiduité de son fils.

Voilà pourquoi elle avait pris un parti extrême, et voilà pourquoi, par un beau soleil d'avril, un peu mouillé par les dernières larmes d'une pluie de printemps, le baron de Valentinier et le comte de Pharamond chevauchaient vers l'Arc-de-Triomphe.

Ce jour-là, tout-Paris était sorti, non pas seulement celui du faubourg Saint-Germain et des aristocratiques quartiers de la rive droite, mais tout ce qui portait un nom illustre, célèbre, retentissant.

Un initié aurait pu nommer, au passage de leurs victorias, les princes en exil, tous ceux que les révolutions de leurs pays ou la disgrâce de leur souverain avaient éloignés ou bannis ; les hommes politiques, dauphins de la République, cherchant à la rendre aussi athénienne que possible ; les journalistes du peuple le plus spirituel du monde ; les grands artistes consacrés sur nos théâtres ; les peintres connus de l'univers entier ; enfin, l'élite d'une nation qui donne aux autres la note juste et le vrai diapason.

Albert de Valentinier connaissait sur le bout du doigt son monde parisien et il se promettait de faire ostentation d'une science qui n'est pas à la portée du premier venu.

Quant à Lucien de Pharamond, il n'avait visité la grande ville que par occasions, et il n'en connaissait à fond que les magasins de nouveautés, où sa mère passait les trois quarts de son séjour.

Aussi, devait-il s'intéresser à cette nomenclature que son guide ne lui épargnerait pas, et ouvrir de grands yeux devant tant de personnages illustres par la race, l'occasion ou le talent.

Albert eût bien voulu montrer aussi à Lucien qu'il ne connaissait pas moins le monde où l'on s'amuse, les belles viveuses qui venaient étaler leur majesté éphémère de reines du plaisir. Mais Lucien, pris au cœur, n'avait pas voulu s'intéresser à ces indiscrétions, et parfois, le souvenir de la belle marquise qu'il avait laissée mélancolique et pâle dans son manoir dauphinois, venait assombrir son front et voiler son regard d'une furtive larme.

Les courses furent très brillantes. La troisième surtout avait rallié tous les suffrages. Un escadron, rapide comme l'éclair, avait franchi tous les obstacles, et, sous les yeux d'une foule enthousiaste, avait lutté jusqu'au poteau avec une admirable énergie. Jamais le prix n'avait été plus ardemment disputé. C'était bien là une de ces courses loyales, bien faites pour consoler les *sportsmen* des louches combinaisons des hippodromes de banlieue.

Le vainqueur, *Va-Toujours*, appartenait au baron Finot, un triomphateur qui a la victoire modeste.

Il y avait encore une course, la course de consolation, ainsi nommée parce qu'elle ne console que celui qui la gagne, mais déjà les voitures s'esquivaient au grand trot, pour éviter l'encombrement du départ.

La plupart faisaient un détour et après avoir parcouru les merveilleuses allées du bois, bordées de badauds alléchés par le spectacle toujours séduisant de tant d'élégance et de tant de luxe, elles pénétraient triomphalement dans la grande cour du Château de Madrid qui présentait l'aspect des somptueuses demeures seigneuriales, un jour de fête ou de réception.

Le beau monde avait là une occasion exceptionnelle de montrer ses magnifiques attelages et il en usait avec la fierté suprême des heureux qui connaissent les jouissances du million. C'était à qui soignerait l'arrivée, et les valets, trop petites gens pour tenir les rênes devant tant de regards curieux, les avaient cédées à leurs seigneurs et maîtres, qui conduisaient, d'ailleurs, avec autant de correction et de *maestria* que s'ils avaient défilé devant le jury du concours hippique.

Le comte de Pharamond et le baron de Valentinier remirent leurs chevaux à Dupont, le vénérable chasseur de la maison, et ils furent assez heureux pour trouver une table encore libre.

Le provincial et le secrétaire d'ambassade restèrent plusieurs minutes sans s'adresser la parole. A chaque instant, un brillant équipage apparaissait, et sur les coussins moelleux trônait une beauté brune ou blonde, habillée avec ce goût impeccable qui distingue la Parisienne, partout où elle se montre.

Le comte de Pharamond rompit le silence.

— On peut donc ici, dit-il à son ami, oublier le brouhaha de Paris, tout en retrouvant ses splendeurs sous de délicieux ombrages.

— Oui, très cher, et le château de Madrid n'est pas seulement la verte oasis où l'on vient oublier les horreurs du buffet équivoque des courses, c'est encore un nid à souvenirs.

— Oh, tu sais, je ne suis pas archéologue. Je n'ai jamais aspiré à être de l'Académie des Inscriptions.

— Pardon, mon jeune Dauphinois. Il ne s'agit pas ici d'un coin de terre que le hasard a fait illustre, comme ce bout de route de la Révolte où périt le duc d'Orléans, ou qu'un crime a rendu célèbre, comme cette maison de la rue de l'Ecole-de-Médecine, où Charlotte Corday troubla le bain du citoyen Marat....

— Ceci promet une conférence. Je te promets de la subir après dîner, car nous dînerons ici, dans ce bosquet, à gauche....

— Soit ! c'était d'ailleurs convenu.

— Eh bien ! en attendant, nomme-moi les gens *chics*, ceux qui portent un nom, qui représentent enfin cette fière société parisienne qui tient partout le sceptre de l'élégance.

Le baron de Valentinier s'exécuta. Il ne demandait pas mieux que de servir de guide à son ami, car on est toujours heureux de prouver qu'on a de belles relations.

— Comment classerons-nous toutes les illustrations de la naissance, de la fortune, du *high-life ?*

Le baron procéda par cercle : c'était le meilleur moyen de satisfaire la juste curiosité de son ami.

Il nomma donc, non seulement les personnages qui vinrent ce jour-là, mais aussi ceux qui viennent d'habitude.

Ce fut d'abord le *Jockey-Club*, représenté par un nombre très respectable de ses membres ; ses vice-présidents, — la présidence était alors vacante, — le comte de Gramont-d'Aster, le marquis de Juigné, le duc de La Rochefoucault et le comte de Montesquiou ; les membres du comité, parmi lesquels nous citerons le comte de Bernis, le duc de Fitz-James, le baron de La Rochette, le prince d'Aremberg ; les simples membres, qui n'en sont pas moins pour cela de hauts et puissants gentilhommes, le comte Aguado, le marquis et le comte de l'Aigle, le général marquis d'Andigné, le duc d'Ayen, le comte d'Ayguesvives, le baron de Barante, le marquis de Barbantane, le comte de Béarn, le général de Berckheim, le comte de Béthune-Sully, le comte de Blacas, le marquis de Boisgelin, le vicomte de Bréan, le marquis de Breteuil, le vicomte de Dreux-Brézé, le comte de Brigode, le vicomte de Canizy, le marquis de Castelbajac, le marquis de Caumont-Laforce, le comte de Chateaubriand, le comte de Chevigné, le marquis et le comte de Clermont-Tonnerre, les quatre comtes de Cossé-Brissac, le marquis Costa de Beauregard, le baron de Crisenoix, le général marquis d'Espeuilles, le duc de Fesenzac, le marquis de Ganay, le duc de Goyon, le prince d'Hénin, le comte de Kergolay, le marquis de l'Angle, le baron de Lareinty, le marquis de Lauriston, le vicomte de Lévis, le comte de Lubersac, le marquis de Malterre, le comte de Mercy-Argentan, le comte de Miramon, le marquis de Mornay, le comte de Nicolay, le marquis de Pracomtal, le comte de Noailles, le duc de Sabran, le comte de Sers, le comte de Turenne, le marquis de Vaulserre. Nous en passons et des plus huppés.

Après les membres du *Jockey-Club*, c'étaient ceux du Cercle des Champs-Elysées : Henri Chevreau, le président, le baron de Soubeyran et le comte de Benedetti, les vice-présidents, puis les grands noms de l'empire, le vicomte Berthier, Haussmann, Boitelle, le maréchal Canrobert, le vice-amiral Chopart, les Fould, le marquis de la Valette, le baron de Heckeren, Jolibois, Levert, Léopold Magnan, le général de Montauban, les princes Murat, Piétri, Schneider, le duc de Trévise, le prince de Wagram, etc...

Le Cercle des Patineurs, installé comme on sait, sur la pelouse de Madrid, à cent mètres de là, ne manquait pas à l'appel, puisque tous ses membres font partie du *Jockey*, du Cercle des Champs-Elysées, du Cercle de la rue Royale, du *Sporting-Club*, du Cercle Agricole ou de l'Union artistique. Contentons-nous de constater qu'il compte dans ses rangs deux rois, huit altesses royales et trois altesses impériales.

Le Cercle de la rue Royale, reconstitué depuis, ne manquait pas l'occasion de se montrer aux courses. Voici, en effet, faisant à différents jours leur entrée au Château de Madrid, le duc d'Albe, le comte de Bellegarde, le prince de Sagan, le comte de Béthune, le vicomte Borelli, le duc de Castries, le marquis de Breteuil, le marquis de Chabans, le vicomte de Charnacé, les Ephrussi, le comte de Galard, les Hennessy, le comte de Sanzé, le comte de la Bourdonnaye, le comte de Louvencourt, le marquis de Montalembert, le prince de Montholon, le vicomte Pernety, le comte de Salignac-Fénélon, le comte de Tanlay, le prince Troubetzkoï, le vicomte Vigier et le prince Ipsilanti, aujourd'hui ministre de Grèce à Berlin, après avoir représenté à Paris le gouvernement hellénique.

Le *Sporting-Club* a, plus que tout autre cercle, le droit d'émigrer au Bois de Boulogne, lorsque les intérêts de tous ses membres sont en jeu à Longchamps ou à Auteuil. Voulez-vous des noms ? Il faut donc citer : MM. Henri Delamarre, le comte Esterhazy, Lupin, qui pour perdre moins de temps occupe des écuries au Château de Madrid, le comte de Sinety, le vicomte de Trédern, le duc de la Trémoille ; et parmi les membres du comité : MM. le marquis de Bouthillier, le comte de la Ferrière, Hennessy, Edgard de la Charme, le baron d'Orgeval et le comte de Chavagnac.

Doit-on oublier le Cercle de l'Union artistique, autrement dit des *Mirlitons?* Non, car nous voyons passer de temps à autre le président, M. Melchior de Vogué ; les vice-présidents, MM. le marquis de Barthélemy, le marquis de Marsa, le comte de Pourtalès, les membres du comité, M. Bartholoni, le peintre Detaille, Alfred Saucède ; les littérateurs de l'endroit, Henri Meilhac, Paul Ferrier, Gaston Jollivet, Jacques Normand ; les peintres Gérôme, Cabanel, Bonnat, Boulanger, de Neuville — il manque Meissonnier, qui veut justifier la rime de son nom avec ses habitudes de casanier — puis, le sculpteur Saint-Marceaux, cet artiste, homme du monde, qui entre sans dire gare au Temple de la renommée, avec son *Génie gardant le secret de la tombe* et son splendide *Arlequin*.

Par exemple, ils ne sont pas nombreux les membres du Cercle agricole, vulgairement désigné sous le nom de *Cercle des Pommes de terre*. Nous n'apercevons guère que le marquis de Mortemart, un nom qui date des Croisades et dont on ne saurait discuter l'origine, le duc d'Avaray, le prince de Lucinge, le marquis de Montesquiou-Fesenzac et le baron Reille, un député qui connait comme personne les questions militaires. Il a commencé, pour s'initier, à épouser une petite fille du maréchal Soult, duc de Dalmatie.

Notre courtoisie aurait dû nous contraindre à saluer au passage les membres du *New-Club*, fondé pour servir de rendez-vous aux membres des principaux Cercles de Paris et de Londres, mais le nom de la plupart des étrangers est difficile à écrire et nous souhaitons la bienvenue au comité tout entier, à MM. Blount, au baron Mandat-Granuy, au vicomte de Hédouville, au vicomte de la Brosse et au baron de la Boissière.

Et maintenant, un salut de circonstance à ceux qui font courir, à MM. Aumont, au comte de Berteux, au duc de Castries, déjà nommé, au marquis de Caumont-Laforce, à Henri Delamarre, à Michel Ephrussi, au comte de Juigné, au comte de Lagrange, à M. Lupin, au baron de Rothschild, au marquis de Saint-Sauveur, au baron Raymond Seillière, au vicomte de Trédern, au baron de Varenne, au comte de l'Aigle, au baron de Bastard, au comte Lafond, à M. Moreau-Chaslon, au comte de Nicolay, à M. Edmond Blanc, à M. Desvignes, à M. de la Charme, à M. Sieber, à M. Couzin, au comte Legonidec, au comte d'Illiers, au comte de Meus, au comte de Montauzon, au baron de Nexon, à M. de Saint-Julien, à M. Balensi, à M. André, au vicomte de Buisseret, à M. L. Delâtre, à M. Robert Hennessy, au baron de Springer, au duc de Hamilton, à lord Durham, à M. Arthur de Mayer, enfin à tous

ceux dont les chevaux fringants arrivent bons premiers, aux applau-
dissements d'une foule en délire, et qui ne demande, comme autrefois
les Romains, que du pain et des spectacles.

Que de fois aussi l'on voit, avec leurs superbes *Mail-coach*, le comte
Potocki, le comte de Maulde, MM. Ménier, les richissimes industriels,
M. Edmond Blanc, M. G. Dawson-Coleman, M. Octave Galice, le comte
de Morny, etc.

Il y a aussi l'élégant escadron des amazones, et l'on doit signaler au
premier rang la belle Mme Glady et la charmante Mme Marmier, deux
impeccables écuyères que se disputeraient les cirques.

Les journalistes — je ne parle pas de ceux du sport, car il n'y a guère
de personnalités, si ce n'est celle de M. de Saint-Albin — Robert Milton,
du *Figaro*, — arrivent, les uns dans leur coupé, les autres dans un simple
fiacre. M. Francis Magnard, du *Figaro*, a toujours l'air ennuyé ; M. Aurélien
Scholl a ce regard perdu des myopes, ce qui ne l'empêche pas d'être
l'héritier direct de Rivarol, comme le regretté Edmond About était le
petit-fils de Voltaire ; Arthur Meyer, qui voudrait abonner l'univers ;
Henri de Pène, qui voudrait le charmer ; Albert Wolff, qui voudrait bien
tailler une petite banque ; puis les romanciers : Adolphe Belot, qui désirerait
faire sauter Wolff ; Xavier de Montépin, qui conduit ses chevaux et
l'intrigue de ses feuilletons ; Albert Delpit, que Georges Ohnet a distancé ;
Jules Claretie, qui songe à toutes ses machines en train ; Hébrard, le
moins solennel des sénateurs ; Paul de Cassagnac, et tant d'autres qui ont
de l'esprit à en revendre, ce dont ils ne se privent pas.

Partout où il y a des journalistes, il y a des artistes. Ainsi le Château de Madrid voit défiler tour à tour Sarah Bernhardt, la vibrante
Théodora ; Mme Judic, escortée de M. Albert Millaud, qui lui prépare
un nouveau rôle ; Mlle Van Zandt, qui revient de Russie, et qui, pour
cela peut-être, a jeté un froid à l'Opéra-Comique ; Jeanne Granier, la
belle espiègle ; Théo, toujours charmante comme un portrait de Greuze ;
Jane Hading, que son directeur a épousé pour ne pas augmenter ses
appointements ; Mlle Bartet, la délicieuse jeune première du Théâtre-
Français ; Céline Montaland, qui ne vieillit pas ; Mlle Reichemberg, qui
rajeunit, et, par ci, par là, Coquelin, qui devient plus que jamais olympien ;
les deux Dupuis, celui qui fait pleurer et celui qui fait rire ; Romain,
beaucoup trop beau ; Saint-Germain, pas assez ; Damala, tout fier de
ses récents succès ; Daubray, réjoui comme un potiron à qui la lune
ferait une déclaration d'amour ; Lassouche, triste comme un jour sans
pain ; et, dans sa *victoria*, s'il vous plait, Paulus, le Talma des Eldo-
rados présents et à venir.

Thérésa, seule, n'y est pas. Elle reste à Asnières, pour ne pas laisser
dépérir Hamburger.

Il était près de sept heures quand plusieurs des personnages dont nous avons cité les noms quittèrent le Château de Madrid. Une trentaine d'attardés étaient restés dans les petits salons champêtres du restaurant ou dans les bosquets du jardin.

Le comte de Pharamond avait été on ne peut plus heureux d'apprendre de la bouche de son ami tant de noms utiles à connaître quand on veut faire son chemin dans le monde, et plus d'un, parmi les grands seigneurs ou les grands artistes, l'avait particulièrement intéressé.

Le baron de Valentinier se fit servir dans le bosquet choisi. Du feuillage vert tendre tout autour, de grands arbres découpant artistiquement le ciel, et, de tout côté, se répandant comme une poésie impalpable, mais vivante : le parfum des fleurs !

Dirai-je le menu ? A quoi bon : au Château de Madrid, c'est comme au Grand Véfour, le dessus du panier, la crème, le *gratin !...*

On y mange de façon à rappeler que la France est à la tête des nations culinaires, puisqu'elle fournit des chefs jusqu'à la cour allemande. On y boit les rois des vins et les vins des rois. Mais n'insistons pas à ce sujet. Quand on a le premier public du monde, c'est une chose tout élémentaire que de rester digne de lui.

C'est ici, du reste, que le prince de Galles déjeûne quand il s'est attardé au Bois ; ici que tous les princes des familles impériales de Russie et d'Autriche passent tour à tour ; ici que le prince d'Orange, héritier de la couronne de Hollande, est venu jusqu'à sa mort ; ici enfin que S. M. le roi d'Espagne, avant d'occuper le trône, arrivait tous les matins au galop de quatre délicieux petits poneys.

Voici justement une autre altesse : le prince de Werth. L'an passé, ce personnage faisait une entrée piteuse, car il était cloué sur sa voiture par d'affreux rhumatismes. Il doit un beau cierge au père de Mme Herbomez, du Château de Madrid, administrateur des Eaux thermales de Saint-Amand, dont les cures sont si miraculeuses et la vogue si grandissante, qu'on y dépense près d'un demi-million pour la saison qui commence. C'est dans ce paradis des rhumatisants et même des paralytiques, dans cet Eden des souffrances qui passent comme un rêve, que, grâce à des circonstances toutes particulières, les clients du Château de Madrid sont considérés comme des enfants gâtés. Ce qui est certain, c'est qu'on revient complètement guéri des piscines boueuses, mais réparatrices de cet établissement hors ligne. Le prince, que tu vois si dispos, en sera désormais la plus magnifique réclame.

A peine les deux jeunes gens furent installés dans leur bosquet, que le baron de Valentinier reprit la conversation historique où il l'avait laissée, c'est-à-dire à ses souvenirs sur le Château de Madrid :

— Il est impossible de trouver, aux environs de Paris, un endroit plus riche en souvenirs que cet aristocratique restaurant du boulevard Richard-Wallace. Ah! je voudrais avoir la puissance évocatrice du grand Michelet pour faire revivre tous les événements, pour décrire tous les romans d'amour, toutes les aventures galantes dont ces quelques arpents de sol furent le théâtre! C'est en 1530 que le Château de Madrid fut édifié par le roi chevalier, par François Ier, qui venait de subir en Espagne une assez longue captivité. Le nom de Madrid, qui resta, fut donné par les courtisans. En effet, ceux-ci, furieux de se voir consignés à la porte, se vengeaient en faisant allusion aux sévérités de Charles-Quint, et lorsque le roi restait inaccessible, ils disaient avec dépit : « Sa Majesté est au Château de Madrid! » François Ier ne s'ennuyait pas dans cette fastueuse demeure, où il avait entassé des merveilles, après en avoir confié le grand œuvre à d'immortels artistes, comme Philibert Delorme, et la décoration à des précurseurs, comme Bernard Palissy. Il y partageait son temps entre la belle Ferronnière et la duchesse d'Étampes, deux reines d'amour qui ne trônèrent que pour lui.

Après François Ier, Henri II, Charles IX, Henri III et Henri IV, habitèrent le château de Madrid, pour lequel ils avaient une prédilection qu'expliquaient le luxe et les admirables dispositions de cette demeure. Henri II y vécut avec la belle duchesse de Valentinois; Charles IX, avec la poétique Marie Touchet; Henri IV, avec Mlle d'Entragues et la belle Gabrielle. Ce fut, comme tu le vois, un véritable paradis d'amour, qui ne fut purifié que par l'austère séjour d'un roi vertueux, Louis XIII. Tu me demanderas pourquoi tant de souvenirs furent éparpillés? C'est parce que la Révolution n'en avait pas le culte, et si ces grands arbres qui nous abritent pouvaient parler, ils te diraient que les pierres de ce monument doublement sacrées pour les artistes et pour les poètes, furent dispersées par un démolisseur stupide qui, pour en finir plutôt, appela l'incendie à son aide. T'avais-je trompé en t'annonçant que nous allions fouler un sol qu'on n'interrogera jamais en vain? Et maintenant, il ne reste de tant de splendeurs, que les caves, et, je te l'assure, on les a dignement garnies, peut-être pour leur faire pardonner d'avoir recélé tant de vins de Suresnes.

Pendant cette évocation du passé, que nous abrégeons parce qu'on peut la retrouver complète et vivante dans l'*Histoire du Château de Madrid*, publiée il y a deux ans, le baron de Valentinier et le comte de Pharamond avaient fait honneur à un menu qui vaut la peine d'être conservé. Il y avait, comme préface, des huitres d'Ostende; comme introduction, un potage Lucullus, et ensuite des laitances de carpes à la Chambord, une selle d'agneau aux petits pois nouveaux, un faisan truffé, flanqué d'ortolans, des écrevisses à la polonaise, des asperges en branches, un dessert à la hauteur des circonstances, et, pour arroser le tout, du Mont-Rachet, un Saint-Julien, je ne dis que ça, et du champagne veuve Cliquot, qui ferait désirer le veuvage de toutes les vigneronnes.

Ce n'est qu'après avoir pris part à cette fête de l'estomac que le comte de Pharamond se sentit disposé à apprendre les noms des habituées de la maison.

Le baron de Valentinier fut éloquent, car son ami allait au devant de son désir. Il y eut donc bien des indiscrétions sur les jolies soupeuses de l'endroit, et l'on entendit de piquantes révélations sur Berthe Legrand, Laure Heymann, d'Egbord, Réjane, Boïne, Julia de Cléry, Laure de Croze, Ghyslaine Lécuyer, Dezoder, Charvet, Reine Romain, Valtesse, Léontine Godin, Racheswka, Lucy Vally, Alice Howard, Cora Burty, Norette, D'Arly, Ducouret, Juliette d'Harcourt, d'Altona, Léontine Renard, Cécile Bernier, Léontine Mignon, Piccolo, Ponette, Savenay, Jager, Magnier, Gilbert, Lastitcheff, Henriette de Barras, Marie Crouzet, Carolia, Lalaus, etc., etc., etc...

Le baron eut le tort impardonnable de mêler des noms qui jurent un peu ensemble ; mais, à ses yeux, la grâce, l'esprit ou la beauté étaient les seuls signes de ralliement.

Notez que si les indiscrétions étaient piquantes, elles n'étaient point compromettantes. Qui oserait ?... On pourrait trouver, d'ailleurs, dans cette nomenclature tous les degrés de la vertu.

Justement, dans le grand salon du premier, avait lieu le dîner des Rieuses, où assistaient un grand nombre de jeunes femmes que nous avons nommées. Il n'y avait pas d'hommes, car les hommes, il n'y a que ça... pour être mis à la porte. Ils étaient remplacés par un menu qui avait bien son charme. Copions-le en passant, il est digne de faire frissonner l'ombre de Brillat-Savarin :

Hors-d'Œuvre variés, Crevettes
Huîtres Victoria

\\\\

POTAGES
Lucullus et Consommé de Volaille à la Périgueux

\\\\

RELEVÉS
Laitances de Carpes à la Toulouse
Filet de Bœuf à la Brillat Savarin

\\\\

ENTRÉES
Timbales aux Queues d'Écrevisses
Poulardes de Houdan truffées

\\\\

SORBETS MOUSSEUX

ROTS

Bécasses, Coqs de Bruyère et Cailles
Terrines de Ruffec
Salade de Romaine

ENTREMETS

Asperges en Branches
Haricots verts nouveaux à la Maître-d'Hôtel
Suprême de Fruits aux Liqueurs des Iles
Gâteaux Mille-Feuilles
Rose de Nice
Ananas sur Pied

DESSERT

Corbeilles de Fruits

VINS

Grand Xérès 1852.	Pontet-Canet.
Château d'Yquem.	Château-Laffitte 1858.
Mont-Rachet.	Clos-Vougeot 1858.
Bordeaux Médoc en Carafes.	Champagne Veuve Clicquot frappé.
Champagne.	Tokay.

CAFÉ & LIQUEURS

Au moment où le baron de Valentinier et le comte de Pharamond essayaient de surprendre d'autres secrets que celui du chef de cuisine, un orchestre de mandolinistes commença une série délicieuse de mélodies ravissantes et dont le rhythme berceur jetait dans l'âme une extase infinie.

Les portes des cabinets particuliers s'ouvrirent, et l'on vit de charmants minois, encadrés par la gracieuse verdure, braver les regards pour aspirer la chanson fugitive des mandolines.

Les deux jeunes gens lorgnaient à qui mieux mieux lorsque le comte de Pharamond pâlit.

Oh ! vous ne devinerez pas... Je vais donc, sans retard, vous dire pourquoi.

Il avait aperçu, se laissant effleurer ses blonds cheveux par une brune moustache, la marquise de Riant-Lucenay, qu'il croyait là-bas, au fond de son Dauphiné, pleurant toutes les larmes de son corps et rêvant de son retour, à lui, pauvre gentilhomme berné !

Il ne s'était pas trompé. La marquise avait profité du concours régional de Besançon, où son mari était allé poursuivre sa chimère de betterave riche, pour aller voir Paris en compagnie d'un sien cousin, lieutenant au 3e hussards.

Croyez-moi, en ami sûr, défiez-vous des cousins.

Le comte de Pharamond expliqua à son ami la pâleur subite qui l'avait envahi. Puis il sortit à son bras, consolé à jamais d'un amour si outrageusement déçu.

Le grand air lui rendit la possession de lui-même, et, à peine avait-il atteint la pelouse de Madrid qu'il promettait au baron de Valentinier de vivre à Paris de façon à écorner ses capitaux encore intacts.

C'est en compagnie de ces deux jeunes gens que nous apprendrons à connaître *Paris-Élégant*, ses plaisirs les plus raffinés, ses bonheurs les plus enivrants.

Nous savons où les retrouver demain, car ils doivent déjeuner au Grand-Véfour.

NOTES HISTORIQUES

SUR

LE CHATEAU DE MADRID

Le Château de Madrid, destiné à un rendez-vous de chasse, fut une des résidences les plus chères à François Ier. Il y habita avant qu'il fût achevé ; et ce fut même son fils, Henri II, qui dût y mettre la dernière main.

D'après un de nos plus savants architectes, M. Vaudoyer, on ne peut douter de ce dernier renseignement car, dans plusieurs parties des décorations, à côté de la salamandre, qui n'est pas l'un des moins curieux symboles gravés sur un monument, on voyait, au Château de Madrid, le chiffre du fils du Roi, celui de Catherine de Médicis, femme de Henri II et celui de Diane de Poitiers, sa maîtresse. Étrange époque, celle où les amours illégitimes pouvaient signer effrontément dans la pierre ou le marbre le plus insolent défi à l'épouse qu'ils outrageaient !

La forme du château de Madrid était un carré long, entouré de fossés dont l'entrée principale, au sud, était vers Saint-Cloud ; la façade postérieure, au nord, du côté de Neuilly ; le pignon à l'ouest, vers la Seine ; et le pignon à l'est, du côté de Passy.

Quelques collaborateurs artistiques de l'architecte du château ont été plus heureux que lui : ils ont survécu à ce maître. César della Robia, sculpteur italien, et les frères

Palissis, artistes renommés par leurs émaux, ont contribué à embellir la demeure de François I⁰ʳ. C'est à César della Robia que l'on doit les métamorphoses d'Ovide, qui ornaient d'une merveilleuse façon la principale façade. S'il nous était permis de faire une hypothèse et de désigner, sous toutes réserves, l'architecte du château de Madrid, nous pourrions citer le nom fameux du Primatice, dont le roi de France mit si souvent le génie à contribution. Ce qui est certain, pour tous les historiens que nous avons consultés, c'est que c'est le Primatice qui alla chercher en Italie presque tous les artistes qui collaborèrent à la décoration du Château de Madrid.

D'après M. Vaudoyer, ce qui fortifie cette présomption, et fait attribuer au Primatice la composition du Château de Madrid, c'est qu'on retrouve dans ce château les mêmes dispositions de loges, à l'italienne, et le style d'architecture des châteaux de Chambord, de la Muette et de Chalvau, dont le Primatice fut l'architecte, et plusieurs parties des châteaux de Fontainebleau, de Saint-Germain et de Villers-Cotterets, monuments restaurés sur ses plans.

Le plateau sur lequel était construit le Château de Madrid était entouré d'un fossé plein d'eau, de 48 pieds de large sur 12 de profondeur. Un seul pont, fermé d'une grille, traversait ce fossé, au midi, du côté de l'entrée.

Le château, qui avait 40 toises de long, sur 16 de large, était élevé au centre du plateau. Quatre pavillons saillants ornaient chacune de ces façades. Il avait quatre étages, dont les deux premiers avec portiques en arcades, ornés d'ordres d'architecture. Sur trois de ces façades brillaient d'admirables ornements, imités de l'antique et exécutés en terre cuite. François I⁰ʳ avait un tel goût pour ce genre de décoration qu'il fit établir à Limoges une manufacture d'émaux, sous la direction de Léonard Limousin. En même temps, il fondait à Rouen une fabrique de poteries et de terres vernissées, sous la direction de Bernard de Palissis.

D'après les dessins du Château de Madrid publiés par Ducerceau, nous savons que le jeu des combles, décorés de riches croisées à frontons, ajoutait beaucoup de noblesse à l'ensemble.

Les manteaux des cheminées, les plafonds, les parquets, les lambris étaient d'une grande beauté. L'ameublement était naturellement proportionné à tant de richesses. Nous ne citerons, comme exemple, que deux tapisseries représentant, l'une la vie de St-Paul, et l'autre, le triomphe de Scipion : elles avaient coûté 120,000 francs.

Ce fut sous le règne de Henri II, fils et successeur de François I⁰ʳ, que Philibert Delorme, architecte du Roi et de Catherine de Médicis, fut chargé d'achever le Château de Madrid. On trouvera tous les détails relatifs à cette nouvelle collaboration dans l'ouvrage publié par l'artiste lui-même en 1567.

Philibert Delorme n'a pas approuvé cette profusion d'émaux qui semble avoir fait le bonheur de François I⁰ʳ. Pourtant l'effet produit par cette ornementation n'a jamais cessé d'être excellent, et tous les artistes qui l'ont vu, jusqu'en 1793, assurent qu'il était on ne peut plus pittoresque. Il faut dire que ces accessoires artistiques étaient distribués avec le sentiment le plus profond du goût et de l'harmonie.

Quand le soleil éclairait ces façades, a dit un écrivain spécial, les saillies de ces brillants ornements de couleurs variés se détachaient sur des fonds rouges, verts, violets, azurés, par des reflets et par des ombres très prononcés. Elles produisaient à la vue un charme harmonieux, gracieux, inconnu jusqu'alors, et qui convenait particulièrement à l'édifice noble et galant dont François I⁰ʳ avait ordonné l'exécution. »

Pour rester véridique, nous devons bien avouer que le Château de Madrid a été beaucoup plus un rendez-vous galant qu'un rendez-vous de chasse. On y entendait plus de sérénades que de hallalis. Tout était disposé pour l'oubli des devoirs et pour l'ivresse des plaisirs royaux.

C'était un château fortifié non pas contre les ennemis, mais contre les importuns et les indiscrets.

* *

L'auteur de l'*Histoire du nouveau Bois de Boulogne*, M. Loubet, dit que le roi Henri IV établit, au Château de Madrid, la première magnanerie qu'on ait vue en France.

En 1598, quinze mille plants de mûrier, envoyés par Olivier de Serres, le père de l'agriculture française, furent plantés dans le Bois de Boulogne, sous l'habile direction du milanais Balbani.

Le génie austère du huguenot Sully repoussait énergiquement ces tentatives d'acclimatation en France de l'industrie de la soie. « C'est de fer et de soldats que vous avez besoin, répétait-il souvent à son maître, et non de dentelles et de soieries pour habiller des muguets. »

L'avenir a prouvé la haute pénétration économique du roi Henri.

Nous tenions à citer cette destination un peu étrange que reçut un jour le Château de Madrid. Il était écrit, d'ailleurs, que l'agriculture jouerait un rôle sur ses ruines dispersées. En effet, tout ce qui reste de cette demeure seigneuriale appartient à M. Herbomez dont le beau-père, M. Simon-Legrand, est quelque peu l'Olivier de Serres de la betterave.

* *

M. Edouard Gourdon a donné une description du Château de Madrid que nous sommes heureux de pouvoir reproduire ici, car elle semble donner la plus juste idée de l'effet produit par ce monument sans rival.

« Les arêtes vives qui séparent les étages et l'encadrement des fenêtres ont été particulièrement revêtues de l'émail précieux qui s'allume au soleil comme une illumination.

» On dirait des guirlandes de pierreries entremêlées de fleurs. Toutes les couleurs sont là, dans les tons les plus vifs et les nuances les plus effacées, depuis le rouge feu jusqu'au rose pâle, depuis le bleu d'outre-mer jusqu'à la tendre turquoise. Mais l'émail n'a pas seulement emprunté, pour s'en revêtir, toutes les richesses de la palette : sous la main habile et féconde qui l'a pétri, moulé, colorié et verni, il a reçu les formes les plus variées, les plus gracieuses. Ici, il s'épanouit en rosaces, et l'on croit voir les nénuphars parmi leurs larges feuilles mouillées ; là, il descend en flexibles rameaux, et l'on dirait une plante naturelle poussée dans la nuit ; entre les gracieuses ellipses des galeries, ce sont des têtes qui surgissent : têtes d'hommes, têtes de femmes ou d'animaux fantastiques ; on les croirait vivantes et leurs yeux sont profonds et vifs. L'invention s'est épuisée à décorer ces étroits espaces, rendus plus saillants par la sobriété du reste de l'édifice.

» Soit que l'enduit brillant s'attache aux voussures des portiques, soit qu'il coure en légers feuillages, en sujets variés à l'infini, le long des frises, il captive le regard et le charme. Il n'est pas une partie, un fragment de ce décor original qui ne soit une merveille et qu'on ne voulût conserver comme un bijou dans une collection précieuse. Au soleil levant, les oiseaux et les papillons, trompés par l'art, sont attirés et se mêlent, fleurs vivantes, aux fleurs des guirlandes et des festons. A midi, quand la lumière du ciel frappe en plein sur la grande façade de l'Orient, les plaques d'émail blanc, dont les quatre pavillons sont revêtus du haut en bas, prennent soudain des tons enflammés qui éblouissent les yeux, tandis que les autres détails de l'ornementation s'allument comme des pierreries. — A l'extérieur, tel est Madrid, le château de faïence. »

F I N

Imp. adm. et comm. du *Petit Nord* - 7189221

www.ingramcontent.com/pod-product-compliance
Lightning Source LLC
Chambersburg PA
CBHW071304130726
47998CB00003B/1333